머슴 돌쇠가 샘물을 떠서 돌아오다가
고갯길에서 호랑이를 만나요.
으르렁 어흥!
호랑이는 한입에 돌쇠를 꿀꺽 삼키지요.
겨우 호랑이 배 속에서 나온 돌쇠,
그런데 또 호랑이를 만났네요.
돌쇠는 살아서 돌아갈 수 있을까요?

추천 감수_ 김병규
대구교육대학을 졸업하고 한국일보 신춘문예에 동화가, 중앙일보 신춘문예에 희곡이 당선되면서 작품 활동을 시작했습니다. 대한민국문학상, 소천아동문학상, 해강아동문학상 등을 수상했으며, 현재 소년한국일보 편집국장으로 재직 중입니다. 쓴 책으로 〈나무는 왜 겨울에 옷을 벗는가〉, 〈푸렁별에서 온 손님〉, 〈그림 속의 파란 단추〉 등이 있습니다.

추천 감수_ 배익천
경북 영양에서 태어났습니다. 1974년 한국일보 신춘문예에 동화가 당선되었고, 〈마음을 찍는 발자국〉, 〈눈사람의 휘파람〉, 〈냉이꽃〉, 〈은빛 날개의 가슴〉 등의 동화집을 펴냈습니다. 한국아동문학상, 대한민국문학상, 세종아동문학상 등을 받았으며, 현재 부산 MBC에서 발행하는 〈어린이문예〉 편집주간으로 일하고 있습니다.

글_ 이남영
성균관대학교 국어국문학과를 졸업하고, 여러 출판사에서 다양한 어린이 책을 만들었습니다. 어린이들이 책을 많이 읽는 세상이야말로 진정 아름다운 세상이라고 생각하며 글을 쓰고 있는 작가입니다. 그림책에 직접 그림을 그리기도 하는 재능이 다양한 동화 작가입니다.

그림_ 곽재연
산업디자인학과를 졸업했습니다. 2003 한국출판미술대전 특별상과 특선을 수상했습니다. 작품으로 〈한국사를 뒤흔든 20가지 전쟁 1, 2권〉, 〈저학년 속담〉, 〈역사야 친구하자〉, 〈천문학 이야기〉, 〈도깨비 이야기〉, 〈안중근〉, 〈영어동화 100편〉 등이 있습니다.

말랑말랑 우리전래동화 ㉘ 모험과 도전
호랑이를 세 번 만난 머슴

발 행 인 박희철
발 행 처 한국헤밍웨이
출판등록 제406-2013-000056호
주　　소 경기도 성남시 분당구 금곡동 444-148
대표전화 031-715-7722
팩　　스 031-786-1100
편　　집 이영혜, 이승희, 최부옥, 김지균, 송정호
디 자 인 조수진, 우지영, 성지현, 선우소연
사진제공 이미지클릭, 연합포토, 중앙포토

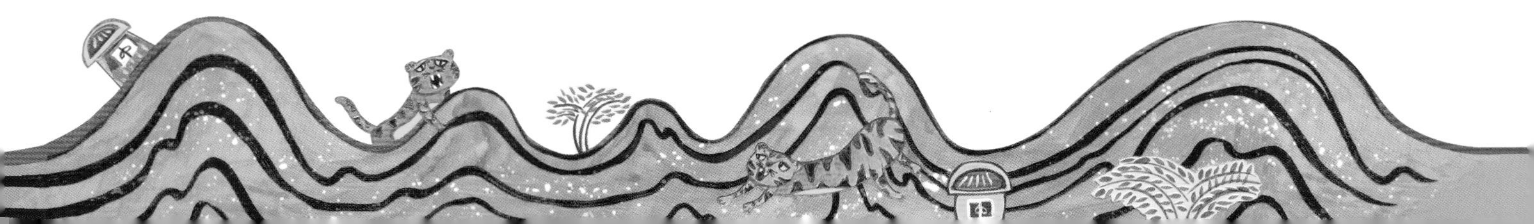

호랑이를 세 번 만난 머슴

글 이남영 그림 곽재연

한국헤밍웨이

으르렁 어흥! 어흥!
옛날에는 정말 호랑이가 많았나 봐.
고갯길을 넘어갈 때 불쑥 나타나 으르렁!
마을 어귀에서도 커다란 입을 쩍 벌리고 어흥!
나무 뒤에 숨었다가 풀쩍 뛰어나와 어흥!
사람들은 호랑이를 만날까 봐 조심조심 다녔지.

하루는 최 부자가 떠꺼머리 머슴 돌쇠에게 심부름을 시켰어.
"고개 너머 샘에 가서 물을 길어 오너라."
돌쇠가 깜짝 놀라 볼멘소리를 했지.
"네? 거긴 호랑이가 나오잖아요?"
'치! 품삯 한 푼 안 주면서 힘든 일만 시키니…….'

최 부자가 우물쭈물 서 있는 돌쇠에게 소리쳤어.
“돌쇠야, 당장 가지 않고 뭐하느냐!”
돌쇠는 꾸벅 절을 하고 집을 나섰지.

샘에 가려면 고개를 세 개나 넘어야 했어.
돌쇠는 지게에 물동이를 싣고
고갯길을 올랐지.

샘에 다다른 돌쇠는 부랴부랴
물동이에 물을 퍼 담았어.
"이제 다 되었군.
호랑이가 나타나기 전에 어서 돌아가야지."

돌쇠는 낑낑 지게를 짊어지고
끙끙 가파른 고갯길을 올라갔어.
땀방울이 비 오듯 줄줄 흘러내렸지.

"어휴, 힘들어. 쉬었다 가야지.
호랑이가 쫓아와도 어쩔 수 없어."
돌쇠는 첫 번째 고갯마루에 털퍼덕 주저앉아
곰방대에 담배를 꾹꾹 눌러 담았어.
그러고는 불을 붙이고 뻐끔거렸지.

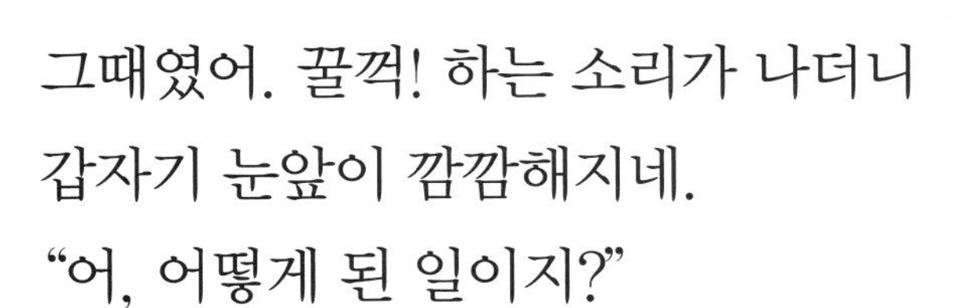

그때였어. 꿀꺽! 하는 소리가 나더니
갑자기 눈앞이 깜깜해지네.
"어, 어떻게 된 일이지?"
돌쇠는 눈을 동그랗게 뜨고 귀를 쫑긋 세웠어.
그랬더니 이런 소리가 들리는 거야.
"냠냠 쩝쩝, 어흥! 어흥!"
맙소사! 돌쇠가 있는 곳은 호랑이 배 속이었던 거야.

돌쇠는 깜짝 놀라 곰방대를 떨어뜨리고 말았어.
“어흥, 어흥!”
그러자 호랑이가 뜨거워서
이리저리 풀쩍풀쩍 뛰기 시작했어.

돌쇠도 호랑이의 배 속에서 요리 뒹굴 조리 뒹굴.
"으악, 호랑이가 왜 이러는 거야?"
돌쇠는 뒹굴뒹굴 굴러서 점점 아래로 내려갔어.

돌쇠가 부리나케 지게를 짊어지고
두 번째 고개를 오를 때였어.
눈앞에 또 호랑이가 떡하니 서 있지 뭐야.

그러다가 호랑이의 똥구멍으로
쑥 빠져나왔지.
"후유, 살았다. 얼른 집으로 가야지."

그런데 호랑이가 돌쇠의 다리를 덥석 물고는
어디론가 성큼성큼 뛰어가는 거야.
돌쇠는 호랑이 입에 대롱대롱 매달려서 덜덜 떨었지.
'아이고, 이제 난 죽었네!'

호랑이는 어두컴컴한 굴에 돌쇠를 내려놓았어.
'이제 꼼짝없이 호랑이 밥이 되는구나.'
그때 새끼 호랑이가 다가오더니
눈물을 찔끔 흘리며 입을 벌렸지.
'앗, 목에 뼈다귀가 걸렸네?
아, 뼈다귀를 빼 달라고 날 데려온 거구나.'

돌쇠가 입 안에 손을 쑥 넣어서
뼈다귀를 빼 주었어.

호랑이가 산삼 수십 뿌리를 돌쇠에게 주었어.
돌쇠는 산삼을 품에 안고 덩실덩실 세 번째 고개로 뛰어갔지.
"난 이제 부자야. 머슴살이를 안 해도 된다고."

그런데 이건 또 무슨 일이래?
세 번째 고개에서 또 호랑이를 만난 거야.
돌쇠는 입맛을 다시는 호랑이 앞에서 눈물을 흘렸어.
'이렇게 죽을 순 없어. 어떻게 하면 될까?'

돌쇠는 호랑이 앞에 넙죽 엎드렸어.
"아이고, 형님! 아이고, 우리 형님!
형님이 집을 떠난 지 십 년 만에
이렇게 호랑이가 되어 나타나셨군요.
그동안 어머니는 세상을 떠나시고
저 혼자 머슴을 살며 형님을 기다렸는데,
이런 곳에서 만나다니……. 아이고, 엉엉."
돌쇠가 눈물을 뚝뚝 흘리며 말했어.

그런데 세상에 정말 이런 일도 있을까?
갑자기 호랑이가 돌쇠를 일으켜 세우더니
어깨동무를 하고 엉엉 울지 뭐야.
돌쇠는 이때다 싶어 호랑이에게 부탁까지 했어.

"형님, 저 좀 도와주세요.
제가 십 년째 머슴으로 일한 집이 있는데,
그 집 주인 영감이 일만 시키고
품삯을 주지 않아요.
나랑 같이 그 집에 가 주세요."

호랑이는 돌쇠를 등에 태우고
최 부자네 집으로 어슬렁어슬렁 걸어갔어.
호랑이를 본 최 부자가 뒤로 벌러덩!
돌쇠가 이때다 싶어 최 부자에게 말했어.
“주인어른, 밀린 품삯을 주지 않으면
이 호랑이가 주인어른을 잡아먹겠답니다.”

최 부자는 냉큼 집 안으로 들어가서
십 년 치의 품삯을 가져왔어.
"여보게, 돌쇠! 목숨만 살려 주게나."

그 뒤로 돌쇠는 초가집도 짓고 논밭도 사서
부지런히 일하며 잘 살았단다.
형님 호랑이는 어떻게 되었느냐고?
돌쇠랑 함께 농사지으며 행복하게 살았대.

호랑이를 세 번 만난 머슴 작품해설

옛날이야기에는 죄 없는 사람이 어려움에 빠지는 일이 많이 나옵니다. 우리는 그런 사람을 보면 얼른 구해 주고 싶지요. 더구나 그 사람이 못된 주인에게 돈도 못 받고 일하는 사람이라면 말이에요.

〈호랑이를 세 번 만난 머슴〉에 나오는 돌쇠도 그런 사람입니다. 호랑이가 많이 나오는 산으로 못된 주인의 심부름을 가게 되지요. 돌쇠는 무사히 심부름을 다녀올까요? 아니지요. 그러면 이야기가 재미없어지지요. 돌쇠는 산에서 호랑이를 만나게 됩니다. 그것도 세 번씩이나요. 처음에 돌쇠는 담배를 피우다가 호랑이에게 잡아먹힙니다. 돌쇠가 잡아먹혔으니 이야기가 여기서 끝날까요? 이번에도 아니에요. 돌쇠는 호랑이 배 속에 담뱃대를 떨어뜨리고, 호랑이가 꿈틀거리자 호랑이 똥구멍으로 빠져나옵니다. 옛날이야기에는 이처럼 비현실적인 이야기가 많이 나오는데, 이것이 옛날이야기의 한 특징이지요.

돌쇠는 두 번째 고개를 넘다가 또 한 번 호랑이를 만나게 됩니다. 호랑이는 돌쇠를 물고 자기 집으로 갑니다. 왜 그랬을까요? 돌쇠는 곧 그 이유를 알게 됩니다. 바로 새끼 호랑이의 목에 걸린 뼈를 빼 달라는 것이었지요. 돌쇠가 뼈를 빼 주자 호랑이가 돌쇠에게 산삼을 선물합니다. 돌쇠가 기뻐하며 세 번째 고개를 넘는데 이번에도 또 호랑이가 나타나지요. 돌쇠는 호랑이에게 형님이라고 부르며 십 년 동안 형님을 기다렸다고 말합니다. 그리고 자기 주인집에서 품삯을 받게 도와 달라고 부탁하지요. 호랑이는 돌쇠의 말을 듣고 주인집으로 가서 품삯을 받도록 도와줍니다.

결국 돌쇠는 주인에게 받은 돈으로 집도 사고 밭도 사서 행복하게 살지요. 물론 두 번째 호랑이에게서 받은 산삼도 팔았겠지요.

돌쇠가 이렇게 행복하게 살 수 있었던 비결은 어디에 있을까요? 그래요. 호랑이의 마음을 잘 헤아려 준 데에 있었어요. 비록 무서운 호랑이일지라도 돌쇠는 그 마음을 읽고 친절하게 대해 주었던 거예요.

꼭 알아야 할 작품 속 우리 문화

머슴

농사짓는 집에 머물며 농사일이나 집안일을 거들어 주는 일꾼이에요. 머슴은 노예나 하인과는 달라요. 옷과 음식, 돈을 받기로 하고 일해 주는 사람이지요. 머슴이 받는 돈을 새경이라고 해요. 새경에 따라 상머슴과 중머슴 등으로 나뉘어요.

호랑이

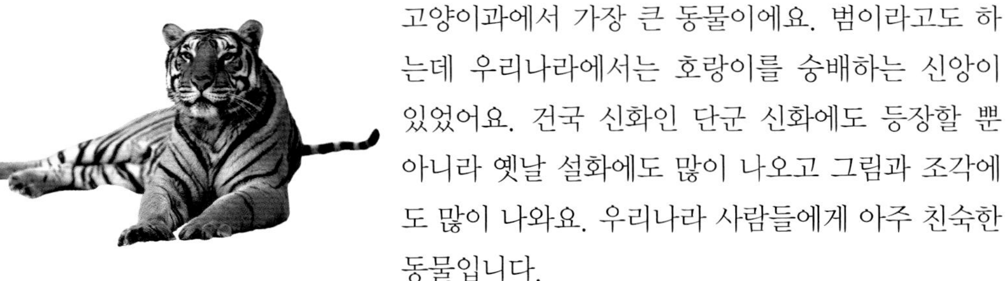

고양이과에서 가장 큰 동물이에요. 범이라고도 하는데 우리나라에서는 호랑이를 숭배하는 신앙이 있었어요. 건국 신화인 단군 신화에도 등장할 뿐 아니라 옛날 설화에도 많이 나오고 그림과 조각에도 많이 나와요. 우리나라 사람들에게 아주 친숙한 동물입니다.

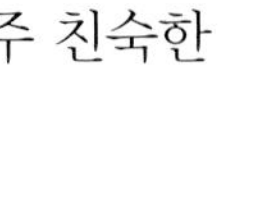

곰방대

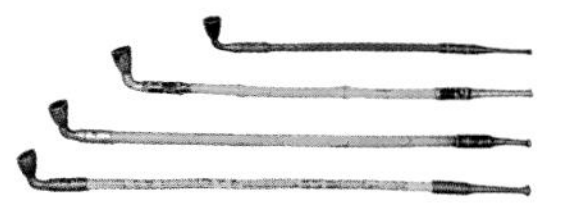

담배 피울 때 쓰는 도구예요. 긴 것은 장죽이라 하고 짧은 것을 곰방대라고 하지요. 장죽은 양반들이 썼고 곰방대는 평민들이 썼어요. 양반이 재떨이에 장죽을 땅땅, 치며 호통치는 장면은 양반의 권위를 보여 주어요. 담배가 1618년께에 우리나라에 들어왔으니 곰방대도 그쯤부터 쓰였으리라고 추측되어요.

말랑말랑 우리 문화 이야기

돌쇠는 호랑이에게 잡아먹히지 않으려고 자기가 호랑이의 동생이라고 거짓말을 했어요. 어머니는 돌아가셨다고 말했고요. 옛날 사람들은 부모님이 돌아가셨을 때 어떻게 했을까요?

정성스레 마지막 의식을 치러요

우리 민족은 효를 중요하게 여겼어요. 인간의 삶이 죽음으로 끝나지 않고 저세상까지 이어진다고 믿었지요. 그래서 장례 절차를 매우 정중하게 치렀어요.

상갓집

사람이 죽어 장례를 치르는 집을 상갓집이라고 해요. 어느 집에서든 사람이 죽으면 마을 사람들은 가족들을 위로하고 일손을 도와요. 우리 민족의 아름다운 미풍양속이지요.

상주들은 삼베로 만든 옷을 입어요

부모가 돌아가시면 자손들은 굵은 삼베로 만든 옷을 입어요. 짚으로 만든 새끼줄을 몸에 둘러 죄인 행세를 하고 문상 오는 손님들을 맞이하지요.

그래, 아들아. 고맙구나. 편히 쉬마.
아버지, 좋은 곳에 모셨으니 편히 쉬세요.
장례 기간
옛날 높은 벼슬아치들은 죽은 지 석 달 안에 장례를 치렀어요. 보통 양반은 한 달 안에, 평민들은 대개 3일이나 5일, 7일이나 9일 만에 장례를 치렀어요.
좋은 묘 터를 잡아라
옛사람들은 묘 터가 후손들의 행복과 불행에 영향을 끼친다고 여겼어요. 그래서 좋은 묘 터를 잡는 일에 많은 신경을 썼어요. 좋은 묘 터는 남쪽을 향해 있고 뒤쪽과 양옆이 산으로 둘러싸여 있어 바람을 막아 주고 햇볕이 잘 드는 곳이에요.
꽃상여
죽은 사람이 마지막으로 타는 가마를 꽃상여라 불러요. 꽃상여는 화려한 꽃과 그림으로 장식되어 있어요.
아이고~